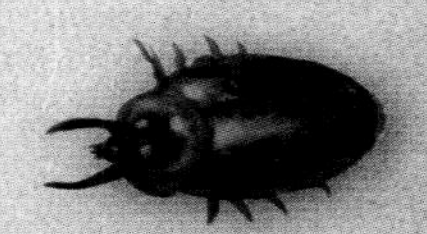

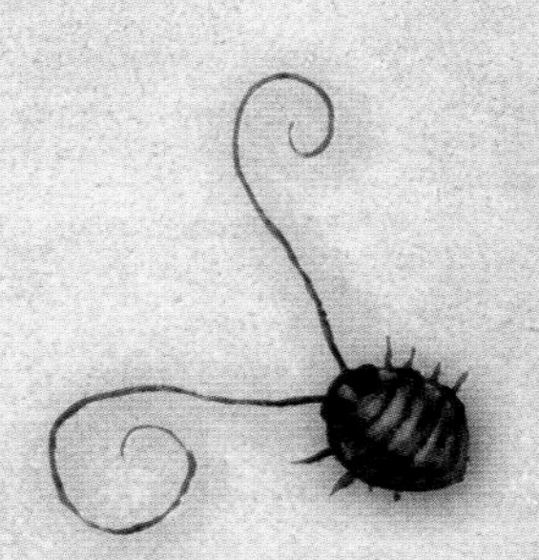

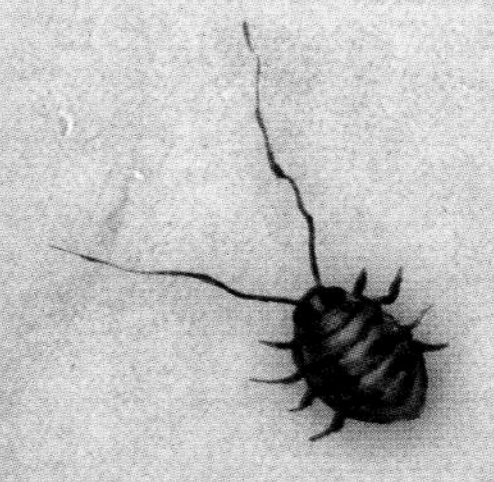

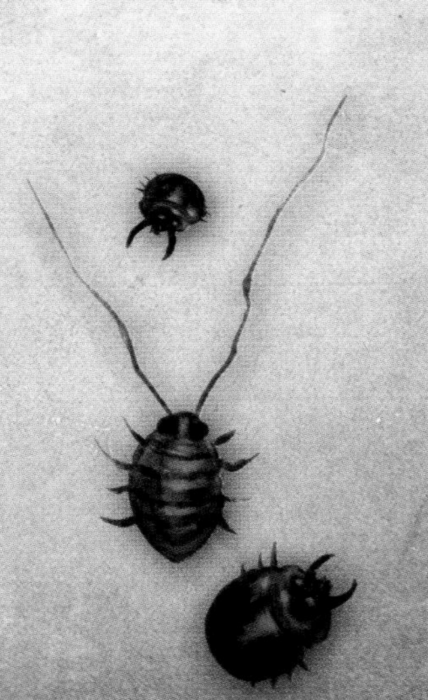

Licencia editorial por cesión de Edicions Bromera, SL (www.bromera.com).

Esta obra ha sido publicada con una subvención de la Dirección General del Libro, Archivos y Bibliotecas del Ministerio de Cultura para su préstamo público en Bibliotecas Públicas, de acuerdo con lo previsto en el artículo 37.2 de la Ley de la Propiedad Intelectual.

Apartado de correos 225
46600-Alzira
www.algareditorial.com
Diseño: Pere Fuster
Impresión: T. G. Soler

1ª edición: octubre, 2011
ISBN: 978-84-9845-305-8
DL: B-29980-2011

# EL VAMPIRO LADISLAO

Enric Lluch & Fernando Falcone

AlgaR EDITORIAL

El vampiro Ladislao abrió su ataúd y se desperezó. A continuación, se lavó la cara y los dientes, se peinó, se puso colonia de la buena y llamó por teléfono.

–Este es el contestador automático de la clínica dental Dentiflor... Por la noche no trabajamos.

Ladislao soltó una palabra gorda como un balón de reglamento, se encaramó sobre la repisa de la ventana y, recitando la frase mágica, se transformó en murciélago y se lanzó a volar.

Después de sortear un montón de antenas de televisión, aterrizó en la plaza Mayor, cerca del cuartelillo de la policía local. Se transformó en vampiro humano y se dirigió a pie hacia la puerta.

El guardia lo miró de arriba abajo.

–Dígame.

–Busco un dentista de guardia. –Ladislao habló con toda la educación–. Tengo los colmillos desgastados y necesito un buen afilado.

El guardia se rascó el cogote.

–Mire usted –dijo muy serio–. Esto es un servicio de vigilancia nocturna y no estamos para soportar bromas.

Ladislao se dio media vuelta y se dirigió al dueño de un bar que estaba cerrando la puerta.

–¿Sabe usted dónde hay un dentista de guardia?

El señor del bar se le quedó mirando con la boca abierta. Después, movió la cabeza de un lado para otro y murmuró:

–Todavía falta mucho para Carnaval. Quítese el disfraz y sea usted un poco más serio.

Ladislao estuvo a punto de contestarle que era un vampiro de verdad, pero el dueño del bar ya se había marchado.

Ladislao repitió la frase mágica y sobrevoló la ciudad. De repente, sintió hambre y, casi enseguida, observó a un chico joven que iba en una moto.

–Sangre fresca –se dijo.

Y con los colmillos preparados se lanzó en picado.

El golpe fue de aúpa. El casco del motorista era de buena calidad y los colmillos desgastados de Ladislao no consiguieron hacerle ni siquiera un rasguño.

El chico, apenas vio al murciélago rodando por el suelo hecho un ovillo, murmuró:

–Yo creía que estos bichos nunca tropezaban...

SALA DE ESPERA

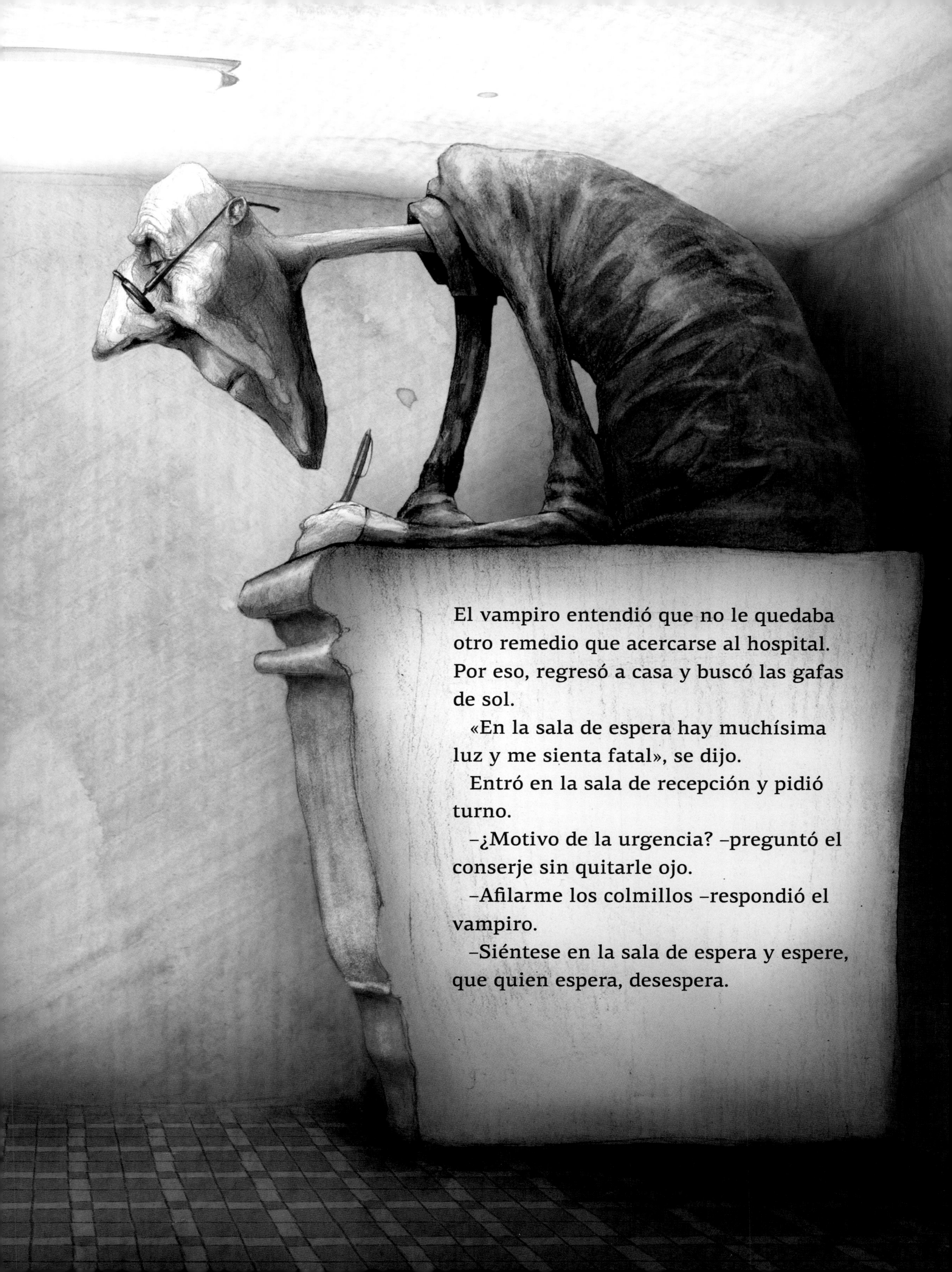

El vampiro entendió que no le quedaba otro remedio que acercarse al hospital. Por eso, regresó a casa y buscó las gafas de sol.

«En la sala de espera hay muchísima luz y me sienta fatal», se dijo.

Entró en la sala de recepción y pidió turno.

–¿Motivo de la urgencia? –preguntó el conserje sin quitarle ojo.

–Afilarme los colmillos –respondió el vampiro.

–Siéntese en la sala de espera y espere, que quien espera, desespera.

Una niña que tenía las anginas inflamadas le dijo a la madre:

–Mamá, ese señor es un vampiro.

Y la madre contestó:

–Eso no existe, hija. Los vampiros son personajes de cuento.

Así que Ladislao no tuvo más remedio que enseñar los colmillos, agitar su capa negra y soltar dos gruñidos fuertes.

–La niña tiene razón, señora. Soy un vampiro.

A la madre casi le dio un soponcio. Menos mal que dijeron el nombre de la niña por los altavoces y aprovechó para salir disparada llevando a su hija consigo.

Cuando escuchó su nombre, Ladislao se dirigió a la consulta. El dentista de guardia iba cubierto de ajos de arriba abajo. Además, llevaba una cruz sobre el pecho, una estaca de madera en una mano y un martillo en la otra.

–Pase usted –dijo el dentista–. A ver, ¿qué le pasa?

El vampiro estuvo a punto de contestar que se había equivocado de consulta. Luego, se lo pensó mejor y decidió contar la verdad.

–Tengo los colmillos romos y no puedo morder cuellos ni nada parecido.

El dentista no se quitó de encima ni los ajos ni la cruz. Y, por si fuera poco, como tenía las manos ocupadas con la estaca y el martillo, no pudo manipular los aparatos para afilar colmillos. Así que Ladislao salió de la consulta como había entrado: hambriento y sin solucionar su problema.

En la misma puerta del hospital repitió las palabras mágicas, se convirtió en murciélago y consiguió volver a su casa después de haber tropezado con dos cuerdas de tender ropa y tres antenas de televisión.

Ladislao bostezó diez veces y, por fin, se decidió a llamar por teléfono.

–Pizzería Rápida. Dígame.

–Envíeme una pizza margarita con muchíiíisimo tomate.

Tres segundos después, llamaron a la puerta. El vampiro imaginó que el repartidor de pizzas lucía en el cuello un letrero que decía «Muérdeme, muérdeme».

Por eso Ladislao estuvo a punto de decir:

–¿Me permite que le dé un mordisquito pequeño?

Pero el repartidor ya había desaparecido, veloz, a continuar su reparto.

Con el último bocado de pizza, llamaron a la puerta. Era un hombretón que llevaba sombrero, paraguas y un pañuelo de color verde.

–¿Es usted Ladislao?

–Sí, señor.

El visitante explicó que era director de cine y necesitaba un vampiro de verdad. Para comprobar si estaba ante uno de ellos, el hombre se sacó un espejo pequeño del bolsillo y lo puso delante de las narices de Ladislao.

Después de asegurarse de que el vampiro no se reflejaba, dijo:

–De acuerdo. Venga usted conmigo. Empezamos enseguida a rodar la película.

Durante tres horas estuvo Ladislao aprendiendo lo que tenía que decir. ¡Menos mal que al final tenía que morder el cuello de la protagonista! Así que cuando el director dijo:

–¡Silencio! ¡Se rueda!

El vampiro extendió la capa, mostró los colmillos y recitó lo que había ensayado:

–¡Soy el vampiro más vampiro de todos los vampiros!

Y cuando intentó morder el cuello de la protagonista, ésta se echó a reír.

–¡Huy, qué cosquillas!

–Lo siento –murmuró Ladislao–. Es que no tengo los colmillos afilados...

El director se puso hecho una furia, la protagonista se cayó de espaldas de tanto reír y los técnicos se marcharon porque tenían entradas para ver un partido de fútbol.

–¡Se acabó la película!

Así que Ladislao, un poco triste, repitió las palabras mágicas, se convirtió en murciélago y, después de tropezar con un letrero luminoso, llegó a casa un poco desilusionado.

Mientras se dejaba caer dentro del ataúd, se dijo entre sus colmillos romos:

–¡Qué dura es la vida de vampiro!

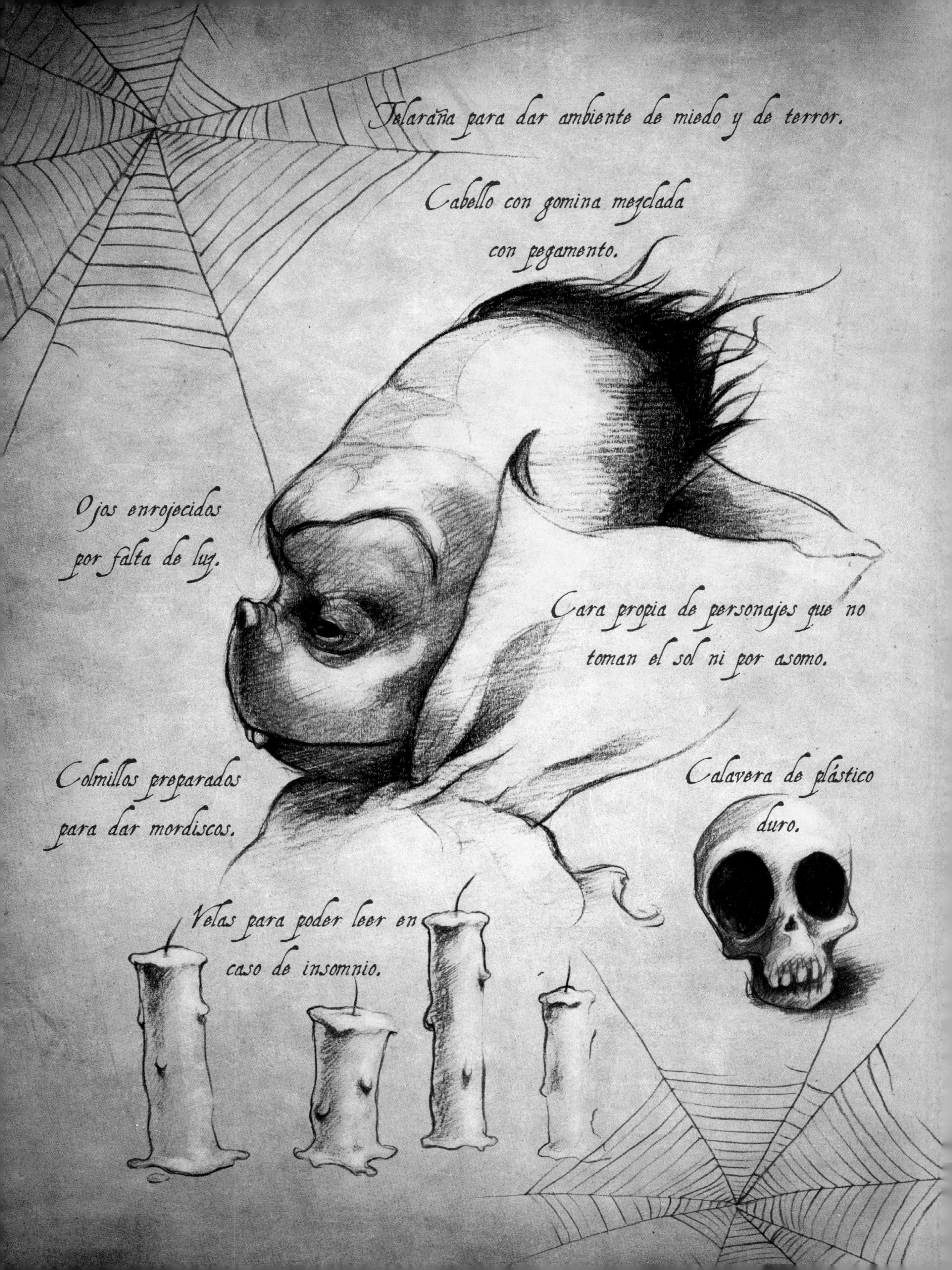
Telaraña para dar ambiente de miedo y de terror.
Cabello con gomina mezclada con pegamento.
Ojos enrojecidos por falta de luz.
Cara propia de personajes que no toman el sol ni por asomo.
Colmillos preparados para dar mordiscos.
Calavera de plástico duro.
Velas para poder leer en caso de insomnio.